Johann Sebastian Bachs Kaffee-Kantate in ihrer Zeit

Hans-Joachim Schulze

Ey! wie schmeckt der Coffee süße

Johann Sebastian Bachs
Kaffee-Kantate in ihrer Zeit

Verlag für die Frau · Leipzig

ISBN 3-7304-0056-8

Vom Kaffeestrauch zum „Kaffeebaum"

Ein guter Kaffee muß heiß sein wie die Küsse eines Mädchens am ersten Tag, süß wie ihre Liebe am dritten Tag und schwarz wie die Flüche der Mama, wenn sie es erfährt.

Altorientalische Kaffeehausweisheit soll diesen passenden Vergleich ersonnen haben. Und wenn das Sprichwort nicht echt ist, ist es doch wenigstens gut erfunden – so gut erfunden, wie die Mehrzahl der Berichte aus alter und neuer Zeit über Ursprung und Ausbreitung der Sitte oder Unsitte des Kaffeegenusses.

In einer Zeit, die die Engländer »Enlightenment« nennen, was wörtlich übersetzt »Erleuchtung« heißt, tischt uns das in Leipzig und in der benachbarten Saalestadt Halle erschienene »Große Vollständige Universal Lexicon aller Wissenschafften und Künste« hierzu die folgende Fabel auf:

»Den Gebrauch dieses Geträncks sollen die Menschen von denen Thieren, und zwar auf folgende Art gelernet haben. Es soll nemlich in Arabien, oder um selbige Gegend, ein Hirte gewesen sein, welcher auf denen Bergen eine Heerde Cameele, oder wie andere wollen, Ziegen gehütet.« Eines Tages habe dieser einem Geistlichen berichtet, daß das Vieh die ganze Nacht keine Ruhe gefunden habe, sondern im Stall umhergesprungen sei. Bei der alsbald angestellten Untersuchung sei man auf Sträucher mit unbekannten Früchten gestoßen, von denen der Prior des nahen Klosters sich ein Getränk habe kochen lassen, nach dessen Einnahme er »sich ebenfalls gantz ermuntert befunden. Alsdenn er diesen Tranck seinen Geistlichen auch angerathen, damit sie in der Metten nicht so sehr schlafen möchten.«

Ganz geheuer ist dem aufgeklärten Lexikonautor die Geschichte nicht, und so verschweigt er vorsorglich seine Quelle. Diese war schon ein halbes Jahrhundert alt, als der Kaffeeartikel von 1733 erschien, stammte wohl gar aus dem ominösen Jahr 1685.

Dieses 1685 war für die Messemetropole Leipzig in mehrfacher Hinsicht ein Schicksalsjahr. Nicht nur wurde im fernen Eisenach dem Stadtpfeifer Johann Ambrosius Bach ein achtes Kind beschert, das auf den Namen Johann Sebastian hörte (wenn es dazu aufgelegt war) und Jahrzehnte später dem Leipziger Rat, der Kirchenbehörde, den Ratsmusikern und den Chorschülern aus allerdings unterschiedlichen Gründen manches Kopfzerbrechen bereitete – 1685 soll auch die Geburtsstunde des ersten Leipziger Kaffeehauses geschlagen haben, des noch heute florierenden Lokals »Zum arabischen Coffee-Baum«.

Ehedem als Hinterhaus zum angrenzenden Grundstück Hainstraße 1 gehörend, wurde der spätere »Kaffeebaum« 1556 von diesem abgetrennt und avancierte alsbald zum selbständigen Bürgerhaus. Durch das Versehen eines Stadtschreibers erhielt dieses 1603 die Brau- und Schankgerechtigkeit, und gegen Ende des 17. Jahrhunderts war es Adam Heinrich Schütz, von Beruf Goldplättner, der hier Kaffee ausschenkte und ein Billard aufgestellt hatte. Seine Tochter heiratete 1716 einen Johann Lehmann, der aber schon nach drei Jahren diese Welt und auch den »Kaffeebaum« verließ, so daß das Etablissement nun jahrzehntelang unter der unverwechselbaren Bezeichnung »Lehmanns Wittwe« firmierte. Daß das Bildkunstwerk über der Eingangstür, die plastische Figur eines ruhenden Orientalen mit allem erdenklichen Zubehör, eine Stiftung August des Starken sei, der 1694 im Hause einen guten Kaffee (nach anderen war es die Frau Wirtin) genossen habe, wollte bisher kein Stadthistoriker bestätigen.

Nehmen wir also an, daß wenigstens die Jahreszahl 1685 für den ersten öffentlichen Kaffeeausschank in Leipzig zutrifft. Daß aber die Leipziger schon wesentlich früher auf den Geschmack gekommen sind, scheint aus einer Anekdote hervorzugehen, die 1637 im nahen Merseburg spielt. Hier hatte ein Kaufmann von einem Geschäftsfreund in den Niederlanden ein Quantum Kaffee erhalten, doch leider ohne Rezept für die Zubereitung. Die Gattin des also Beschenkten ließ die exotisch anmutenden Bohnen sorgfältig in Fleischbrühe kochen und kredenzte das Ergebnis beifallheischend ihren Gästen. Diese zogen sich je nach Temperament und Veranlagung aus der Affäre; nur der Hausdiener meinte nach einer Kostprobe, es schmecke wie ein Gemisch aus Stiefelwichse und Heringslake.

Ob er hier aus Erfahrung urteilte, wird leider verschwiegen. Die Regreßforderungen des braven Merseburger Heringsbändigers, insbesondere 16 Groschen für Medikamente, wurden von dem sparsamen Holländer brüsk zurückgewiesen: »Ich habe Proben nach Leipzig verschickt und Jedermann dort lobt das Getränk, ein Beweis, daß die Leipziger einen feineren Geschmack haben als Ihr groben Merseburger.« Dies war zugleich das Ende für die ohnehin inzwischen unterkühlten Geschäftsbeziehungen.

Unnötig zu sagen, daß dergestalt Geschenksendungen ohne Informationsmaterial oftmals unklare oder falsche Vorstellungen wecken und infolgedessen ganze Wirtschaftsimperien ins Wanken bringen können. Doch die Nachrichtenübermittlung der Zeit lag allgemein im argen; da es nur wenigen vergönnt war, fremde Länder selbst in Augenschein zu nehmen, mußten die übrigen wählen, ob sie alles glauben wollten, was man ihnen weismachte, oder vorsichtshalber gar nichts. Dies galt auch für die seltsame Kunde vom Kaffeetrinken, die der Augsburger Leonhard Rauwolf in den 70er Jahren des 16. Jahrhunderts von seiner Orientreise mitgebracht hatte:

»Unter anderen guten Dingen haben die Moslems auch ein Getränk, das sie sehr lieben, ›chaube‹ genannt. Sie trinken es aus kleinen Ton- oder Porzellantassen, mit halbierten Zügen, daß sie sich nicht das Maul verbrennen. Der Trank ist schwarz wie Tinte, gallebitter und riecht etwas angebrannt. Aber sie sind ganz wild nach dem schwärzlichen Magenelixier, das auch sehr nützlich sein soll gegen verschiedenste Krankheiten.«

Das für Genußmittel offenbar unerläßliche Dogma vom Primat des Medikamentösen blieb dem Kaffee über die Jahrhunderte erhalten. Eine »Caffe- und The-Logia oder Kurtze Anzeigung und Beschreibung dieser Getrãncke … Auffgesetzt von Einem zimlich erfahrnen Caffe-Schlucker. Gedruckt in diesem itzigen Jahre« (1690) serviert hierzu folgende »Inscription eines Caffe-Hauses«:

Wer drey/ vier Tage hat/ ja wol die gantze Woche/
Mit Wein und starckem Bier den Magen angefüllt/
Daß er vor Schwachheit fast pfeifft auf dem letzten Loche/
Und sich nichts finden will/ das dieses Übel stillt,

Wem Stein und Podagra hält auff dem Bett' gefangen/
Wem Grimmen in dem Bauch und das Gedärme kneipt;
Davor er lassen muß sich warme Tücher langen/
Und sorgen daß er stets in guter Wärme bleibt.

Wer auff der Reise hat in Franckreich was bekommen/
Wer aus Italien Rubinen mit gebracht/
Wem das Gesichte hat der Kupffer eingenommen/
Welcher die Finnen sich zum Feinde hat gemacht.

Die müssen allzumahl den Caffe-Tranck gebrauchen/
Kein besser Mittel ist vor sie auff dieser Welt.
Dabey Taback so viel/ als sie selbst gut deucht/ schmauchen/
So wird seyn aller Schmertz vollkommen hingefällt.

Wer seine Tugend will zur Probe auch empfinden/
Der sauffe Morgens früh den Kopff im Weine voll/

So bald er trinckt Caffe, wird aller Rausch verschwinden/
Und wieder nüchtern seyn/ wär er gleich noch so toll.

Über die Notwendigkeit derartiger Roßkuren war man anscheinend keinen Augenblick im Zweifel, meinte doch die schwedische Königin Christine 1671 – im selben Jahre, da in Hamburg das erste deutsche Kaffeehaus seine Pforten öffnete – angewidert: »Die Deutschen sind dumme Trunkenbolde, ihr Land ist kalt, stinkend und barbarisch. Der Bischof von Salzburg ist nur so populär, weil er täglich ein Faß Wein säuft.«

Doch nicht alle sahen die Sache so einseitig. Liselotte von der Pfalz, seit 1671 Schwägerin des »Sonnenkönigs« Ludwig XIV. und Verfasserin unverblümter Schilderungen des Hoflebens, bekannte sich in Paris, dem Zentrum europäischer Kaffeekultur, zu einem teutonischen Kontrastprogramm:

»Ich kann weder Tee noch Kaffee noch Schokolade leiden. Dagegen eine Biersuppe, die würde mir große Freude machen. Aber die kann man sich hier nicht beschaffen, das Bier in Frankreich taugt ja nichts!« (1712). »Kaffee, Tee und Schokolade kann ich nicht leiden, auch nicht begreifen, was man von diesen Dingen hermacht! Ein gutes Gericht aus Sauerkraut und geräucherter Wurst ist ein Königsmahl, dem ich nichts vorzuziehen wüßte ... Eine Kohlsuppe mit Speck ist mir lieber als alle Näschereien, auf die man hier in Paris so erpicht ist.« (1714). »Ich frühstücke selten – doch wenn ich es tue, esse ich nur ein Butterbrot. Ich kann diese ausländischen Gewürzkräuter auf den Tod nicht leiden. Ich ... bin eben ganz nach deutscher Art, im Essen und Trinken schmeckt mir nur das, was von der Väter altem Schlag ist.« (1716)

»Von der Väter altem Schlag« – das zielt auf jene – hauptsächlich vom 15. bis zum 17. Jahrhundert reichende – Zeit, in der das gute Bier nebst seinem weit weniger guten zweiten Aufguß, dem Konventbier, volkstümlich Kofent genannt, das hauptsächliche Getränk in deutschen Landen bildete; ein Getränk, dessen ständiger Genuß wohl jenen pyknischen Menschentyp entstehen ließ, der uns auf Gemälden und Porträts dieser Ära immer wieder entgegentritt: Luther und Bach, Peter Vischer und Hans Sachs, Händel und Pirckheimer, Gustav Adolf und Heinrich VIII. Hatte nicht auch

Bachs Vater Johann Ambrosius Bach bei der Übernahme des Stadtpfeiferamtes in Eisenach im Jahre 1671 das angestammte Recht übernommen, seinen »Haußtrunk« selbst zu brauen, während er den »Kofent« aus dem städtischen Brauhause bezog? Hatten nicht Gymnasiasten im thüringischen Arnstadt im Mai 1705, also unter den Augen des 20jährigen Organisten Johann Sebastian Bach, eine Operette aufgeführt, von der leider nur der Text erhalten blieb und die den bezeichnenden Titel trug »Die Klugheit der Obrigkeit in Anordnung des Bierbrauens«? Des Bierbrauens wohlgemerkt, nicht des Kaffeekochens! Schrieb nicht auch Bachs Vetter Johann Nikolaus Bach in Jena einen musikalischen Studentenulk, genannt »Der Jenaische Wein- und Bierrufer«?

Die Herrschaft des Bieres war noch nirgends angetastet, geschweige denn gebrochen, und es ist symptomatisch, daß bei einer Orgelprobe und -einweihung in Halle im Mai 1716, an der auch Bach teilnahm, beträchtliche Mengen an Löbejüner und Merseburger Bier verbraucht wurden, Frankenwein, Rheinwein und »Toback«, daß aber nur ein einziges Mal drei Kannen Kaffee auf den Tisch kamen, die ganze 12 Groschen kosteten. Kaum anders war es dreißig Jahre später in der Saalestadt Naumburg bei der Abnahme der berühmten Hildebrandt-Orgel durch Bach und Gottfried Silbermann: Auch hier überwogen die »geistigen« Getränke beträchtlich, zum Bier gesellten sich 28 Kannen Wein, dazu zwei Kannen Rotwein bei der Abreise, und nur wenig Geld wurde aufgewendet »vor Caffee, vor Canasder Doback, vor Pfeiffen«. Doch wenn auch erst um 1730 die Sitte des Kaffeetrinkens von den Fürstenhöfen aus langsam ins Bürgertum zu dringen begann, so waren doch die weltoffenen Handelsstädte Hamburg und vor allem Leipzig dieser Entwicklung um rund vier Jahrzehnte voraus. Anfangs waren aber auch hier von den Kaffeeliebhabern einige Hürden zu nehmen.

Das Kaffeehaus – Lasterhöhle oder Bildungsstätte?

Zur selben Zeit, da in Paris die verwitwete Herzogin von Orléans, Elisabeth Charlotte – eben Liselotte von der Pfalz –, für Biersuppe und Sauerkraut stritt, trat in Leipzig die Auseinandersetzung um die schnell in Verruf geratenen Kaffeehäuser in ihre entscheidende Phase. Sollten diese Etablissements nicht fernerhin als »Brutstätten der Unmoral und Leichtlebigkeit« gelten, mußte von Obrigkeits wegen eingeschritten werden. Demzufolge setzte der Leipziger Rat zur Neujahrsmesse 1697 den Gerichtsfron und die Stadtknechte in Marsch, um die Kaffeehäuser zu visitieren. Gemeine Weiber und loses Gesindel wurden verhaftet und in wohlabgestuftem Verfahren mit Schlägen und Landesverweisung bestraft oder mit Geldbußen belegt. Ein durchschlagender Erfolg scheint sich nicht sogleich eingestellt zu haben, denn noch 1715 warnt das »Frauenzimmer-Lexicon« des Leipziger Notars und Advokaten Gottlieb Siegmund Corvinus (»Amaranthes«): »Kaffeemenscher heißen die liederlichen Weibsbilder, so in den Kaffeehäusern das Mannsvolk bedienen und ihm alle willigen Dienste erweisen.« In etwas weniger dürren Ausdrücken und unter einem anderen Stichwort schildern Goethes Venezianische Epigramme 1790 den gleichen Sachverhalt:

»Was Spelunke nun sei, verlangt ihr zu wissen? Da wird ja
Fast zum Lexikon dies epigrammatische Buch.
Dunkele Häuser sinds in engen Gäßchen; zum Kaffee
Führt dich die Schöne, und sie zeigt sich geschäftig, nicht du.«

Genau ein Jahrhundert zuvor will die »Caffe- und The-Logia« Ähnliches in England, Holland und auch in Italien bemerkt haben:

»An solchen Orthen ists nichts neues/ daß sich Frauenzimmer in Manns-Habit verkleidet/ bißweilen auff den Caffe-Häusern einfindet/ oder daß der Wirth eine galante

Dame denen Gästen zur Leibes-Ergötzligkeit im Hause hält.«

Nicht leicht zu vereinbaren sind hiermit die an gleicher Stelle referierten persischen Erkenntnisse, wonach starker Kaffee sich als »vortreffliches Antidotum amoris oder Vertreibung des Liebes-Kitzels« bewährt habe.

Ob nun der in Leipzig gekochte Kaffee die hierzu erforderliche Stärke nicht erreichte, oder der Rat der Stadt dergleichen Ammenmärchen seinen weisen Entscheidungen nicht zugrundelegen mochte, ist nicht überliefert. Jedenfalls setzte es 1716 eine Verordnung, die dem Sittenverfall zu steuern suchte und hierbei ohne ein Junktim zwischen Moralvorstellungen und Standesunterschieden nicht auskommen zu können glaubte:

»Nachdem aber auch auf denen Caffee-Häusern insgemein die Billard-Spiele gehalten werden; so haben dieser halben die Caffee-Schencken vornehmlich hier in Leipzig nachfolgende Puncte zu beobachten: 1) Aller Aufenthalt und Bedienung von Weibs-Personen in Caffee-Häusern, so wohl bey Zurichtung des Getränckes und dessen Auftragen, als auch sonst unter was Vorwand es geschehen möchte, 2) Desgleichen auch alle Würffel- Karten- und andere Glücks-Spiele, den eintzigen Billard ausgenommen, bey Straffe gegen den Caffee-Schencken zu exequiren, gäntzlich verbothen seyn. 3) Niemand Abends über neun Uhr des Winters, und zehn Uhr des Sommers bey 20. Thaler Straffe in solchen Häusern gedultet, und dieselben über diese Zeit nicht offen gehalten, 4) Die Kauff- und Handels-Jungen nicht zum Billard-Spiel gelassen, 5) keine hohe und übermäßige Partien und Spiel auf dem Billard verstatten, sondern nur um ein gewisses Quantum ... nach Beschaffenheit und Condition ...«

Bei Verstößen drohten Geldstrafen in Höhe von 10 und 20 Talern und im Wiederholungsfalle der Entzug der Konzession. Für den exterritorialen Bereich der Universität warnte ein entsprechendes Mandat des Rektors vor den Kaffee- und Teestuben und deren kontinuierlichem Besuch, insbesondere aber vor dem Tanzen, Spielen und der Konversation mit unzüchtigen Weibsbildern.

Wie immer in solchen Fällen, scheint auch hier die Obrigkeit das rechte Wort zur rechten Zeit gefunden zu haben. Binnen kurzem hatten Leipzigs Kaffeehäuser das Odium der Zuchtlosigkeit abgelegt und sich den herrschenden bürgerlichen Wertvorstellungen angepaßt. Ein 1725 gedruckter Stadtführer konnte denn auch ehrlichen Herzens anpreisen: »Die Belustigung so wohl derer Einheimischen als Frembden Hohen und Niedern Standes, Männ- und Weiblichen Geschlechts vermehren die in der Stadt befindlichen 8. privilegirten öffentlichen Caffée-Häuser, die so wohl wegen ihrer schönen Gelegenheit, Aussicht und guten Accomodement, als auch sonst wegen derer sich täglich darinnen ereignenden grossen Assemblée berühmt, sintemahln alle dahin kommende Personen, theils in Lesung allerhand Gazetten und Historischer Bücher, theils als in einer Academie de Jeux in sinnreichen und zuläßigen Schach-Bret-Damen und Billeard-Spiel sehr angenehmes Divertissement finden.«

Nicht ganz so positiv sieht es das Grosse Vollständige Universal Lexicon aus den 1730er Jahren. In dem Artikel »Coffee-Schencke« zitiert es die restriktive Ratsverordnung von 1716 nochmals in aller Breite und unterläßt im Artikel »Coffee-Hauß« nicht den Wink mit diesem Zaunspfahl:

»An manchen Orten sind sie die Gelegenheit zum Spielen, und andern verbotenen Gesellschafften, dahero die Fürsten und Obrigkeiten auf solche ein wachendes Auge haben sollen. An andern Orten geben sie Anlaß und Gelegenheit zu guten erbaulichen und gelehrten Gesprächen, vornehmen, nützlichen und angenehmen Bekanntschafften, auch die neuesten Zeitungen zu lesen, oder zu erfahren, oder sonsten seinen oder des Nechsten Nutzen und Wohlfahrt zu befördern. Wie denn in Holland und England sich niemand scheuen darff, die Caffee-Häuser zu besuchen, er mag seyn Geistlichen, oder Weltlichen Standes.«

So mag denn für die Leipziger Kaffeehäuser oder wenigstens einige von ihnen gelten, was Montesquieu 1721 in seinen »Lettres Persanes« schrieb: »Der Kaffee ist zu Paris sehr im Schwange. In den Häusern, wo man ihn ausschenkt, weiß man ihn so zuzubereiten, daß er den Trinkern Geist verleiht. Beim Weggehen mindestens glaubt keiner, er habe nicht wenigstens viermal soviel davon, wie er besaß, bevor er hereintrat.«

Überschwengliches Lob spendete speziell dem »Kaffeebaum« 1744 der damals 18jährige, später dem Kreis der »Bremer Beiträger« angehörende Friedrich Wilhelm Zachariä in seinem komischen Heldengedicht »Der Renommist«, das den Gegensatz zwischen den stutzerhaften Leipziger Studenten und den rauflustigen Jenensern zum Thema hat:

»Der Eingang zeigt sogleich in einer Schilderei,
Daß dies des Kaffeegotts geweihter Tempel sei.
Es liegt ein Araber an einem Kaffeebaume;
Ihm bringt in hellem Gold von dem durchsüßten Schaume,

Den man aus Bohnen kocht, die die Levante schickt,
Ein nackter Liebesgott, der lächelnd auf ihn blickt ...«

Reichlich zwei Jahrzehnte nach der Entstehung dieser Alexandriner kam eine Leipziger Studentenclique »zu lustiger Stunde, da wir in den Kohlgärten den trefflichsten Kuchen verzehrten«, auf den Einfall, den im östlichen Vorfeld der Stadt ansässigen beliebten Kuchenbäcker mit dithyrambischen Versen zu besingen, deren Spitze sich gegen Professor Clodius und die Kraft- und Machtworte in dessen Nachahmungen von Ramlerschen Oden richtete. Willig nahm eine Wand des Hauses die folgenden Zeilen auf:

»O Hendel, dessen Ruhm vom Süd zum Norden reicht,
Vernimm den Päan, der zu deinen Ohren steigt!
Du bäckst, was Gallier und Briten emsig suchen,
Mit schöpfrischem Genie, originelle Kuchen.
Des Kaffees Ozean, der sich vor dir ergießt,
Ist süßer als der Saft, der vom Hymettus fließt.«

Das Bleistift-Original des im ganzen dreimal so langen Gedichtes ist leider ebensowenig erhalten wie sein seriöseres Gegenstück, das der Autor unserer Kuchenbäckerhymne 1780 der Wand einer Jagdhütte auf dem Kickelhahn bei Ilmenau anvertraute.

Weitberühmt waren Hendels Pflaumen- und Apfelkuchen, doch auch die Qualität seines Kaffees wurde allgemein geschätzt. Ob allerdings der Vergleich mit dem Hymettus, dem durch seinen Honig berühmten Berg bei Athen, angemessen ist, oder aber auf das Konto der Clodius-Parodie zu setzen ist, wird von seiten der Goethe-Forschung sicher noch erkundet werden.

Nicht nur Goethe, auch Schiller befreundete sich mit dem Phänomen Kaffeehaus in Leipzig. 1785 meinte jener: »Meine angenehmste Erholung ist es bisher gewesen, Richters Kaffeehaus zu besuchen, wo ich immer die halbe Welt Leipzigs zusammenfinde.«

Etwa zur selben Zeit fand ein Zeitgenosse: »Die Kaffeehäuser in Paris, Haag und Wien etc. sind die berühmtesten unter anderen in Europa. In Betrachtung der inneren Einrichtung und Pracht dürfte wohl das neue

Richtersche Kaffeehaus in Leipzig vor allen oben an stehen. Hier ist es, wo in den Messen die auserlesensten Concerte abwechseln, und wo man Aufwartung und alle Erfrischungen nach Wunsche antrifft, und wo vielen Hunderten die Abendstunden in den Messen verkürzet werden.«

1800 schließlich heißt es im berühmten »Journal des Luxus und der Moden«: »Stehende, regelmäßige Concerte haben wir hier seit vierzig und mehr Jahren. Schon dazumal that sich bey Enoch Richtern, dessen Namen durch sein, seit einiger Zeit leider aufgehobenes Kaffeehaus weit und breit berühmt wurde, eine musikübende Gesellschaft zusammen, welche theils an jenem Orte, theils im Garten, nach Maaßgabe der Jahrszeit, wöchentliche Concerte hielt, denen man durch den Reiz der Neuheit nicht selten noch mehr Interesse zu geben suchte. ... Bejahrtere Männer erinnern sich noch, den würdigen Sebastian Bach mit eigner Lebhaftigkeit hier dirigiren gesehen zu haben.«

Alle diese Äußerungen beziehen sich auf das sogenannte »Romanushaus« Ecke Brühl und Katharinenstraße, das der ehrgeizige Leipziger Bürgermeister Carl Friedrich Romanus 1701 bis 1704 hatte erbauen lassen. Im ersten Stock dieses eher einem Palais ähnlichen Bürgerhauses befand sich in der zweiten Hälfte des 18. Jahrhunderts das weitbekannte Richtersche Kaffeehaus, und Konzerte wurden hier seit dem Ende des Siebenjährigen Krieges bis in die 90er Jahre des 18. Jahrhunderts durchgeführt. Daß Johann Sebastian Bach an dieser Stätte dirigiert habe, ist jedoch unwahrscheinlich; vielmehr residierte der Cafétier Enoch Richter vor 1750 an anderer Stelle: in dem 1717 erbauten (1943 durch Kriegseinwirkung zerstörten) Hause Katharinenstraße 14, einem schönen Barockbau mit mehreren größeren Gasträumen im ersten Obergeschoß. Auf dieses Gebäude zielt demnach eine Zeitungsannonce wie die folgende aus dem Jahre 1749: »Morgen Abend um 5. Uhr wird auf dem Richterischen Caffe-Hause das beliebte Singgedicht: Die Gewalt der Music, auf Veranlassung guter Freunde nochmahls widerhohlet werden; Welches man hiermit allen unpartheyischen Kennern der Tonkunst hat wissend machen wollen.«

Und hierher gehört unzweifelhaft auch diese Mitteilung aus einer 1736 in Leipzig erschienenen Musikzeitschrift: »Die beyden öffentlichen Musikalischen Concerten, oder Zusammenkünffte, so hier wöchentlich gehalten werden, sind noch in beständigen Flor. Eines dirigirt der Hochfürstlich Weißenfelsische Capellmeister und Musik-Director in der Thomas- und Nikelskirchen allhier, Herr Johann Sebastian Bach, und wird außer der Messe alle Wochen einmahl, auf dem Zimmermannischen Caffee-Hauß in der Cather-Straße Freytag abends von 8 biß 10 Uhr, in der Messe aber die Woche zweymahl, Dienstags und Freytags zu eben der Zeit gehalten. Das andere dirigirt Herr Johann Gottlieb Görner, Musikdirektor in der Pauliner Kirche und Organist in der Thomaskirche ... Die Glieder, so diese Musikalischen Concerten ausmachen, bestehen mehrentheils aus den allhier Studirenden, und sind immer gute Musici unter ihnen, so daß öffters, wie bekandt, nach der Zeit berühmte Virtuosen aus ihnen erwachsen. Es ist jedem Musico vergönnet, sich in diesen Musikalischen Concerten öffentlich hören zu lassen, und sind auch mehrentheils solche Zuhörer vorhanden, die den Werth eines geschickten Musici zu beurtheilen wissen.«

Für das »Bachische Collegium Musicum« mit seinen wöchentlichen Konzerten »auf dem Zimmermannischen Caffe-Hauß in der Cather-Strasse«, in der warmen Jahreszeit »im Zimmermannischen Garten auf dem Grimmischen Stein-Wege«, hat Johann Sebastian Bach – darüber kann kaum ein Zweifel bestehen – sein »Schlendrian mit seiner Tochter Ließgen« überschriebenes »Drama per Musica« komponiert, die – nachweislich schon 1754 so genannte – »Coffee-Cantata«.

Librettistenprobleme

Das Libretto erschien im Jahre 1732 und war damit weder das einzige noch das älteste seiner Art. Schon 1703 hatte der französische Komponist Nicolas Bernier im »Troisième livre des cantates françoises« eine Kantate mit dem Titel »Le Caffé« drucken lassen. Einen »Lob des Coffee« überschriebenen Kantatentext nahm der in Weißenfels als Hauslehrer tätige Johann Gottfried Krause in sein »Erstes Bouquet« »Poetischer Blumen So wohl bey Freuden- als Trauer-Fällen, In müßigen Neben-Stunden An dem anmuthigen Saalen-Strande Abgebrochen« (Langensalza 1716) auf. Krauses Versicherung im Vorwort, er habe sein »Lebetage kein Collegium Poeticum gehöret«, Glauben zu schenken, bereitet angesichts nachstehender Kostprobe keinerlei Schwierigkeiten:

»Coffee/ Coffe ist mein Leben/
Coffee ist ein Götter Tranck/

Ohne Coffee bin ich kranck/
Selbst der süsse Saft der Reben
Muß Coffee den Vorzug geben.
... Denn wenn ich will auf Pindus Hügel gehn
Und ein Gedichte bauen/
So darf ich nur ein Köpgen Coffee brauchen
Und nach Gelegenheit
Ein Pfeiffgen Toback darzu rauchen/
So gleich kan ich verspüren/
Daß meinen Kiel die Musen secundiren.«

Etwas weniger philiströs gibt sich Daniel Stoppe aus Hirschberg in Schlesien, der nach seinem Studium in Leipzig und Jena lange Jahre ohne feste Anstellung in seiner Heimatstadt lebte und sich als Privatlehrer durchschlug, ehe er in ein Spezereigeschäft einheiratete und so doch noch zu einer soliden Existenzgrundlage kam. Seine Dichtungen weisen eine vielfältige Skala von Themen und Formen auf; sie reichen von der deftigen Hochzeitszeitung bis zur geistlichen Kantate, von der Nachdichtung französischer Fabeln bis zum Schwank in schlesischer Bauernmundart. Neben Gottsched eiferte Stoppe vor allem seinem Landsmann Günther nach, so auch in dem 1728 gedruckten Text zu einer »Coffe-Cantate«:

Ihr faulen Adern! wartet nur!
Mein Coffee wird euch schon belebt und munter machen.
Er wird euch gut und dienlich seyn,
Er wird das matte Herz erfreun,
Schnarcht immer, wie ihr wollt! ihr müßt gleichwohl erwachen.

Er macht die faule Nacht zum arbeitsamen Tage,
Gesetzt auch, daß die Uhr schon halber Zwölfe schlage,
Gesetzt auch, daß der Schlaf unüberwindlich scheint:
Der Coffe ist sein Feind,
Der wird ihm schon die Wege weisen;
So bald der in den Magen kommt, muß jener aus den Augen reisen...

Laßt die Grillen immer schwärmen!
Setzt ein Schälgen Coffe drauf,
Und stekt ein Pfeifgen an: so hört die Unruh auf.
Mit den aufgeworfnen Blasen,
Die des Zuckers Schiffbruch macht,
Gibt des Kummers kurzes Rasen
Steigend, fallend gute Nacht,
Und endigt unversehns den bangen Lebenslauf.

Der Dritte im Bunde der Kantatenverfasser ist Bachs »Hausdichter« Picander, mit bürgerlichem Namen Christian Friedrich Henrici. Wie Stoppe hatte auch er zunächst Schwierigkeiten mit seiner Karriere und hielt sich als Hauslehrer sowie vor allem als fleißiger Gelegenheitsdichter über Wasser. Keinem fiel es so leicht wie ihm, die Einfälle anderer aufzugreifen und für sich umzuschmelzen und so auf jeden Fall den Vorwurf des Plagiats auszuschließen. Gewandtheit, Anpassungsfähigkeit, Beschlagenheit auf vielerlei Gebieten, das waren Vorzüge, die seine Auftraggeber wohl zu schätzen wußten. Nicht selten mußten bestellte Arbeiten Hals über Kopf angefertigt werden, und so bekannte Henrici voller Stolz: »Es ist mir wie einem Postillon gegangen; ich habe offt bei Nacht und Nebel den Pegasum satteln müssen, wenn mir auch nicht der allergeringste poetische Stern geschienen.« Nach zeitgenössischem Urteil war er in der Reimkunst bald so geübt, »daß er nicht allein seinen Unterhalt damit erwarb, sondern auch sein gäntzliches Glücke machte. Im Jahr 1727 wurde er bey dem Ober-Post-Amt Actuarius, sodann auch Secretarius, und endlich Ober-Post-Comissarius. Im Jahr

1740 ward ihm die Kreyss-Land-Steuer- wie auch die Stadt-Tranck-Steuer-Einnahme zu Leipzig, und die Wein Inspektion ertheilet, bey welchem allen die Poesie ihm nicht wenig beförderlich gewesen.« Klein und schmächtig wie er war, mit einer ständig kränkelnden Frau an seiner Seite, hatte Henrici Energie und Zähigkeit genug einzusetzen, um den Aufstieg aus dem akademischen Proletariat in eine geachtete Beamtenposition zu bewerkstelligen.

Von Musik verstand er offenbar nicht wenig, auch scheint er in einem der beiden Leipziger Collegia musica mitgespielt zu haben, möglicherweise in dem von Bach geleiteten. In ein Hochzeitsgedicht aus dem Jahre 1730 ist eine entsprechende Andeutung eingeflochten:

»Wer sich will auf das Freyen legen,
Der hält, wie wir zu weilen pflegen,
Ein musicalsch Collegium.
Wenn wir uns an das Pult verfügen
Und sehen eine Stimme liegen
So kehren wir sie fleißig rum,
Wir sehen nach, ob schwer zu spielen;
So muß man auch erst insgemein
Dem Mädgen auf die Zähne fühlen,
Wie sie gesetzt im Hertzen seyn.«

Picanders Zusammenarbeit mit Johann Sebastian Bach läßt sich von 1725 an bis in die 40er Jahre verfolgen, mehr als dreißig seiner Texte hat der Thomaskantor nachweislich in Musik gesetzt – die »Bauern-Kantate«, den »Streit zwischen Phoebus und Pan«, die »Aeolus-Kantate«, »Herkules am Scheidewege«, eine Reihe Kirchenkantaten und als bekanntesten und vielleicht auch besten Text denjenigen zur Matthäus-Passion.

»Picanders Ernst-Schertzhaffte und Satyrische Gedichte«, die zwischen 1727 und 1751 in fünf Bänden und zumeist in mehreren Auflagen erschienenen Erträge einer vieljährigen Arbeit, enthalten »ernsthafte« Arbeiten, vor allem Trauergedichte sowie Kirchenmusiktexte, in nicht allzu großem Umfange; es dominieren gereimte Hochzeitszeitungen voller unzweideutiger Anspielungen. Dies forderte schon die massive Kritik der Zeitgenossen, vor allem Gottscheds und seiner Schule, heraus, ohne allerdings an Picanders Beliebtheit beim Publikum etwas ändern zu können. Dessen Rücksichtnahme auf seine Käufer und Besteller prägt selbst Satiren zu allgemeineren Themen, die – mit den Worten seines Biographen zu sprechen – nicht bessern wollen, sondern gekauft werden sollen. Dies gilt wohl auch für den folgenden Text aus dem Jahre 1727, der an ein Vorkommnis in Frankreich anknüpft, in Wirklichkeit aber auf Leipzig zielt:

»Hier ward vor wenig Tagen
Ein Königlich Mandat ans Parlament geschlagen,
das hieß: Wir haben längst und leider wohl gespürt,
daß bloß durch den Caffée sich mancher ruiniert.
Um diesem Unheil nun bei Zeiten vorzugehen,

soll niemand sich Caffée zu trinken unterstehen,
der König und sein Hof trinkt selben nur allein,
und andre sollen nicht dazu befuget sein.
Doch dann und wann wird man Permission ertheilen ...
Drauf hörte man daselbst ein immerwährend Heulen;
ach! schrie das Weibesvolk, ach nehmt uns lieber Brod,
denn ohne den Caffée ist unser Leben todt.
Was wollen wir denn früh zum Morgenbrot genießen,
nun müssen wir die Zunft, Caffée zu trinken, schließen;
wie öfters werden wir bey unsrer Einsamkeit
betrübt zurücke sehn; da war es gute Zeit,
da jene, die und ich vertraut zusammen kamen
und bey dem Lomber-Spiel ein Schälchen Caffée nahmen.
Das alles aber brach doch nicht des Königs Sinn
und kürzlich starb das Volk als wie die Fliegen hin.

Man trug, gleichwie zur Pest, so haufenweis zu Grabe
und pur das Weibesvolk nahm so erschrecklich abe,
bis da man das Mandat zerrissen und zerstört,
so hat das Sterben auch in Frankreich aufgehört.«

Zu jener lebensbedrohlichen Entwicklung war es in einer Zeit gekommen, da es in Paris 380 Kaffeehäuser gab, deren jedes ein spezielles Publikum aufzuweisen hatte: Literaten, Schauspieler, Musikliebhaber, Offiziere, Opernsänger, Kaufleute – aber auch jene leichten Dämchen, deren Gewerbe eines der ältesten der Geschichte sein soll. Schon um 1690 war der Kaffeeumsatz so stark gestiegen, daß die Krone – getreu den Grundsätzen der merkantilistischen Wirtschaftsordnung – das Kaffeemonopol als Konzession an einen Generalpächter verkaufen konnte. Da der König in seiner ewigen Geldverlegenheit – Hofhaltung und Kriege verschlangen Unsummen – kurz darauf eine Preiserhöhung dekretierte und damit die Pächter zugrunde richtete, entstand eine regelrechte »Kaffeekrise«, die von Picander 1727 wieder aufgewärmt wurde.

Fünf Jahre später veröffentlichte dieser am Ende des dritten Teils seiner »Ernst-Schertzhafften und Satyrischen Gedichte« den Text zu einer Kaffeekantate. Möglicherweise handelt es sich hier um einen Wiederabdruck eines bereits einige Zeit früher entstandenen Textes, der vielleicht sogar schon einmal in Musik gesetzt worden war – dann aber keinesfalls von Johann Sebastian Bach. Dieser entschloß sich erst 1734 zur Komposition – ob aus einem aktuellen Anlaß, auf Drängen guter Freunde, oder weil er sich über eine oberflächliche Behandlung dieses Textes in seiner Umgebung geärgert hatte und zeigen wollte, daß sich mehr daraus machen ließe, das alles läßt sich heute leider nicht mehr feststellen.

Der fünfzigjährige Thomaskantor

Zu dieser Zeit stand Bach in seinem fünfzigsten Lebensjahre, war zum zweiten Mal verheiratet, und von seinen bislang siebzehn Kindern – sieben aus erster, zehn aus zweiter Ehe – waren sieben am Leben. Wilhelm Friedemann, der älteste Sohn, wirkte seit Juni 1733 als Organist an der neuesten und schönsten Silbermann-Orgel in der sächsischen Residenz, während der zweite Sohn Carl Philipp Emanuel sich gerade anschickte, zum Studium der Rechtswissenschaft nach Frankfurt an der Oder zu gehen. Wenige Jahre vorher hatte der Thomaskantor an seinen Jugendfreund Georg Erdmann in Danzig mit Stolz berichtet, daß seine Kinder geborene Musiker seien und er mit seiner Familie ein ganzes Konzert »vocaliter und instrumentaliter formiren« könne.

In mehr als drei Jahrzehnte umspannender kompositorischer Tätigkeit war ein Œuvre gewachsen, das – soweit heute noch nachvollziehbar – über zweihundert Kirchenkantaten umfaßte, Passionsmusiken nach Johannes, Matthäus und Markus, weltliche Kantaten in größerer Zahl, lateinische Kirchenmusiken, darunter eine Missa in h-Moll, die 1733 dem sächsischen Kurfürsten mit der Bitte um Verleihung eines Titels präsentiert worden war (der Erfolg ließ auf sich warten), dazu eine Fülle von Instrumentalmusik, für Orgel, Klavier, kleinere und größere Ensembles. Für die Jahreswende 1734/35 war ein mehrteiliges Oratorium geplant, eine Kantatenfolge vom ersten Weihnachtsfeiertag bis zu Epiphanias.

Überragendes Können, Fleiß und Beharrlichkeit hatten dem Thomaskantor einen gewissen Wohlstand gebracht, über den nicht zuletzt das 1750 nach seinem Tode angefertigte Nachlaßverzeichnis Auskunft gibt. Neben Büchern und Musikinstrumenten, Kleidung und Bargeld wird hier allerlei Hausgerät angeführt, darunter »An Silbergeräthe und andern Kostbarkeiten: … 1 große Coffeekanne (Wert) 19 Taler 12 Groschen, 1 dito kleinere 10 Taler 20 Groschen, 1 Coffee-

Teller 5 Taler 12 Groschen; An Kupffer und Meßing...: 1 meßingene Coffee Kanne, 1 dito kleinere, 1 dito noch kleinere ...«.

Ob diese Haushaltsgegenstände zu der Annahme berechtigen, daß auch im Bachschen Familienkreise die Sitte des Kaffeetrinkens zuweilen übertrieben wurde, muß dahingestellt bleiben. Wäre es der Fall, so hätte der Thomaskantor mit seiner Kaffee-Kantate gleichsam ein wenig »Sinfonia domestica« gespielt.

Daß Johann Sebastian Bach mit einem Collegium musicum mehr als zehn Jahre lang – von Frühjahr 1729 bis Anfang der 40er Jahre, mit einer Unterbrechung von Frühjahr 1737 bis Herbst 1739 – regelmäßig öffentlich konzertierte, läßt sich schwerlich anders deuten, als daß hier eine bedeutsame Ausweitung des Thomaskantorats in Richtung auf das Amt eines städtischen Kapellmeisters bezweckt wurde.

Inwieweit freilich die äußeren Umstände dem hohen kompositorischen Anspruch angemessen waren, ist eine andere Frage. Daß die öffentlichen Konzerte der Collegia musica keine »höhere Kaffeehausmusik« darstellten, muß schon im Blick auf die abendlichen Übungszeiten angenommen werden, die eine Überschneidung mit dem üblichen Kaffeehausbetrieb nach Möglichkeit umgingen. Vielleicht beschränkte sich die Funktion des Cafétiers – bis 1741 Gottfried Zimmermann, dann Enoch Richter – auf die Bereitstellung der Räumlichkeiten und Sitzgelegenheiten sowie den Verkauf von Erfrischungen an die Zuhörer und Mitwirkenden. Ein Verhaltenskodex für die Zuhörer ist bedauerlicherweise nicht überliefert, doch könnte auf Leipzig dasjenige zutreffen, was 1735 im benachbarten Delitzsch in die »Einrichtung« des – offenbar nach Leipziger Vorbild geschaffenen – Collegium musicum aufgenommen wurde: »… 6. Wem von denen Herren Auditoribus belieben möchte, zu mehrern Zeitvertreib Toback zu rauchen, wird solchen benebst der Pfeife durch seine Bedienung in das Collegium tragen zu lassen unvergeßen sein. 7. Werden allerseits Herren Zuhörer sich ohne Erinnern von selbst bescheiden, daß sowohl des Carten-Spielens als anderer dem Collegio zur Hinderniß gereichenden Plaisirs ohnmaßgeblich sich zu enthalten, der Wohlstand erfordert.«

Konnte hinsichtlich des Tabakrauchens und Kartenspielens dem »Wohlstand« durch geeignete Festlegungen aufgeholfen werden, so blieb doch ein viel größeres Problem, mit dem offenbar alle Konzertveranstalter des 18. Jahrhunderts nicht oder nur unter größten Schwierigkeiten fertigzuwerden vermochten. Einschlägige Erfahrungen machte in Leipzig 1771 der damals 19jährige Johann Friedrich Reichardt, als er das »Große Concert« besuchte, also die Frühform der Gewandhauskonzerte, die die Collegia musica inzwischen abgelöst hatte. Er fand hier »einen hellen Saal voll galanter Gesellschaft, die vielleicht ein wenig mehr gepudert ist, ein wenig steifer sitzt und ein wenig unverschämter über die Musik raisonniert, als in andern großen Concerten geschieht, übrigens aber die schöne Gabe des Plauderns und Geräusches mit allen übrigen Concertgesellschaften gemein hat. Zwar steht dafür ein Kaufmann, der die Besorgung des Concerts auf sich hat, zur Wache und klopft, wenn jemand gar zu laut spricht, mit einem großen Ladenschlüssel ans Clavecin, welches er zugleich verstimmt, indem er jenen das Stillschweigen anbefiehlt, die es dennoch nicht halten. Dieses heldenmüthige Betragen schränkt er aber nur auf die Mannsleute ein, für die

Frauenzimmer hat er die in Paris erlernte Höflichkeit, sich zu ihnen zu gesellen, und den Discours zu vermehren.«

Von regionalen Unterschieden in dieser Hinsicht berichtet 1794 die Berlinische Musikalische Zeitung. Ihr Korrespondent rühmt den Studenten in Halle nach, daß sie als Konzertbesucher gewöhnlich sehr artig und aufmerksam seien oder jedenfalls in früheren Jahren gewesen wären. »In Göttingen habe ich des Unwesens in Concerten ungewöhnlich viel erlebt: der Lärmen der süßen Herren und das Geschnatter der von Gecken überall belagerten Damen übertäubte oft völlig die Musik, und ging so durcheinander weg, als wenn der Froschlaich für eine neue Generation zu Tage will.«

Trübe Erfahrungen sammelte etwa zur selben Zeit der Besucher eines brillanten Hofkonzerts, in dem einige große Virtuosen »ein Quadro höchst deliciös vortrugen«. Allein die Gesellschaft kehrte sich nicht daran, sondern setzte Unterhaltung und Glücksspiel mit unverminderter Lautstärke fort, bis unserem Musikfreunde, der auch ein trefflicher Zeichner war, die Geduld riß. »Bey Gott! fing er mit einem grimmigen

Blicke, den er wie einen Blitz über den Saal hinschleuderte, zu mir an, wenn ich einmal einen Concert-Saal zeichne, so zeichne ich alle Menschen darin ohne, und den einzigen Virtuosen, der vor der Assemblée spielt, mit langen Ohren.«

Soweit der Bericht im »Journal des Luxus und der Moden«. Abhilfe zu schaffen, war zumeist schwer, wenn nicht unmöglich. Lediglich in Wien hatte man einen Ausweg gefunden – zur Zeit Mozarts bediente man sich der Autorität des Barons van Swieten, um während der Aufführung alle Unterhaltung abzustellen: »Denn wenn etwa einmal ein flüsterndes Gespräch entstand, so erhob sich Seine Excellenz, die in den ersten Reihen zu sitzen pflegte, mit feierlichem Anstand in ihrer ganzen Länge, wendete sich dem Schuldigen zu, maß ihn lange mit ernstem Blick und setzte sich langsam nieder. Das wirkte jedesmal.«

Des Dramas erster Akt

Im »Zimmermannischen Coffee-Hauß« oder im zugehörigen Garten »vor den Grimmischen Thore«, wo immer auch die Uraufführung der Bachschen Kaffeekantate vor sich gegangen sein mag, verfügte man sicherlich nicht über eine passende Exzellenz, die für Ruhe und Aufmerksamkeit sorgen konnte. Also setzt Picander – und Bach folgt ihm hierin – an die Spitze der Kantate, die eigentlich ein Dialogstück sein soll, eine anschließend gänzlich überflüssige Person, eine Mischung von Erzähler und Marktschreier:

»Schweigt stille, plaudert nicht
Und höret, was itzund geschicht:
Da kömmt Herr Schlendrian
Mit seiner Tochter Liesgen her,
Er brummt ja wie ein Zeidelbär;
Hört selber, was sie ihm getan!«

In einem Operntextbuch hieße es jetzt »Auftritt Schlendrian und Liesgen«, doch Picander und Bach schweigen sich wie stets über die Frage des Szenischen aus. Bachs Bezeichnung »Drama per Musica« läßt immerhin eine Beziehung zu Gottscheds »Versuch einer critischen Dichtkunst« (1730) zu, der die Bezeichnung »Drama« solchen Kantaten zubilligt, »die sich von lebendigen Personen ordentlich spielen oder aufführen ließen.« Einschränkend und vieldeutig heißt es weiter bei Gottsched: »Ungeachtet solche Dramata selten auf die Schaubühne kommen, sondern nur mehrentheils in Zimmern gesungen werden; ohne daß die Sänger in gehörigem Habite erscheinen, so müssen die Texte doch aufs genaueste so eingerichtet werden, daß sie gespielt werden könnten.«

»Spielen« könnte man die Kaffeekantate in der Tat; entsprechende Versuche haben bisher jedoch nur gezeigt, daß weder dem Text noch der Musik damit viel gedient ist. Szenisches und Gestisches sind hier in reichem Maße schon vorhanden; wollte eine Regie störende Eingriffe in diesen Organismus vermeiden, müßte sie sich mit sparsamen Andeutungen begnügen. Ein paar

Cembaloakkorde – vorzutragen »con pompa« –, und der Auftritt des Schlendrian ist hinreichend skizziert. Seine Arie mit ihrer Verbreitung pädagogischen Grundwissens will zunächst nichts anderes als das brummige, poltrige Wesen des Alten hervorkehren und ein Kopfschütteln über die »heutige Jugend« andeuten, die nichts als neumodische Vergnügungen im Kopfe hat und auf die Erfahrungen der älteren Generation nichts gibt:

»Hat man nicht mit seinen Kindern
hunderttausend Hudelei!
Was ich immer alle Tage
meiner Tochter Liesgen sage,
gehet ohne Frucht vorbei.«

Brummelnde, sich in Sequenzen höherschraubende Figuren in Violinstimme und Begleitbaß, weit ausholende Sprünge in der Melodik, eckige, ungelenke Bewegungen – das sind Bachs Mittel, um einen zorngeladenen Vater zu charakterisieren, der mühsam an sich zu halten versucht und dann doch wütend herausplatzt. Tonwiederholungen, grimmig und entschlossen in Dur, klagend und verzweifelt in Moll, spiegeln das tägliche Pensum an familiärer Pädagogik hinsichtlich Absicht und Erfolg.

Bis zu diesem Augenblick war Kaffee kein Thema – jetzt ist er es:

SCHLENDRIAN

»Du böses Kind, du loses Mädchen,
ach, wenn erlang ich meinen Zweck:
Tu mir den Coffee weg!«

LIESGEN

»Herr Vater, seid doch nicht so scharf!
Wenn ich des Tages nicht dreimal
mein Schälchen Coffee trinken darf,
so werd ich ja zu meiner Qual
wie ein verdorrtes Ziegenbrätchen.«

Dies ist erst das Vorgeplänkel; Emotionen entwickeln sich nur sparsam, die Argumente stammen aus dem täglich gebrauchten Arsenal. Wenn der Vater mit seinem Ausruf »Ach!« nach Fis-Dur ausweicht, so ist das pure Übertreibung. Entsprechendes gilt für den Vergleich mit dem zusammengebrutzelten Ziegensteak.

Etwas überkandidelt ist zweifellos auch Liesgens Loblied auf den braunen Trank:

»Ei, wie schmeckt der Coffee süße,
lieblicher als tausend Küsse,
milder als Muskatenwein.
Coffee, Coffee muß ich haben,
und wenn jemand mich will laben,
ach so schenkt mir Coffee ein!«

In maßvoller tänzerischer Bewegung, dem Charakter des Menuetts angenähert, in der für höchste Gefühle reservierten Tonart h-Moll erhebt sich zärtlich und schelmisch die Stimme des kaffeesüchtigen Mädchens, in duftigen Tongirlanden wetteifernd mit der Querflöte, dem klassischen Attribut des Süßen, Lieblichen, Angenehmen, rafft sich zu kämpferischer Attitüde auf (»Coffee muß ich haben«) und versinkt wieder in sehnsüchtigen Synkopen und schmachtenden Fermaten. Auch ohne das »gehörige Habit« zu kennen – es muß eine Gestalt sein wie Liotards 1743 gemaltes »Schokoladenmädchen«. Wer, bitte, sang 1734 diese empfindungsvolle Arie?

Leichter als diese Frage läßt sich die nach dem Sänger des Schlendrian beantworten. Nach allem, was wir wissen, müßte es jener Johann Christian Hoffmann gewesen sein, der im November 1734, also wenige Wochen nach der Aufführung der Kaffeekantate, sich um eine Lehrerstelle in Plauen bewarb und dabei bemerkte, daß er »bey des Herrn Capell-Meister Bachens Kirchen Music nunmehro 4 jahr als Bassiste, assistiret, auch in nur verfloßener Michaels-Meße allhier vor Ihro Königlichen Majestät in Pohlen, bey einer Abend Music cum approbatione Deroselben zu singen, das Glück gehabt.« Die in Anwesenheit des Kurfürsten von Sachsen aufgeführte Kantate war »Preise dein Glücke, gesegnetes Sachsen«, die kriegerisch getönte Baßarie »Rase nur, verwegner Schwarm« stellt höchste stimmliche Anforderungen. Am Sängerischen dürfte es also bei der Kaffeekantate nicht gemangelt haben; die Frage ist nur, ob der etwa 25jährige Hoffmann auch körperlich die Vaterrolle glaubhaft machen konnte.

Für das Flötensolo in Liesgens Loblied auf den Kaffee gibt es mehrere Kandidaten, denn nach Überwindung anfänglicher Schwierigkeiten kam auch in Leipzig das Spiel auf der Querflöte mehr und mehr in Mode. Zu denken ist beispielsweise an den

als Student in Leipzig weilenden, später als Diplomat in Rußland tätigen Jacob von Stählin aus Memmingen in Schwaben, einen Freund der Bach-Familie, oder auch an den dritten Sohn des Thomaskantors, Johann Gottfried Bernhard, dessen Spitzname »der Windige« allerdings zu Zweifeln an seiner Zuverlässigkeit Anlaß gibt.

Den Cembalopart könnte der zweitälteste Bach-Sohn Carl Philipp Emanuel übernommen haben, vielleicht als Abschiedsvorstellung vor seinem Weggang an die Viadrina.

Bleibt die Frage nach dem Sopransolo. An die Mitwirkung von Sängerinnen im Collegium musicum war 1734 nicht zu denken. Fünfzig Jahre später berichtete Johann Adam Hiller, nachmals als Thomaskantor Bachs dritter Amtsnachfolger, rückschauend, man habe »nie andere Sänger gehabt, als wenn einer von der Bratsche oder Violin vortrat, und mit einer kreischenden Falsetstimme dem Salinbeni eine Arie nachsingen wollte, die er oben drein nicht recht lesen konnte.« Hiller, der an anderer Stelle bemerkt, die Kaffeehäuser seien »lange in Leipzig das Asylum der Musik gewesen«, sprach hier aus eigener Erfahrung. Doch da er es war, der in Leipzig Sängerinnen auf das Konzertpodium brachte, ist sein negatives Urteil über den Falsettgesang wohl nicht buchstäblich zu nehmen.

In einem 1700 erschienenen Musikerroman aus der Feder von Bachs Leipziger Amtsvorgänger Johann Kuhnau heißt es von einem Sänger: »wenn er das Clavier spielte und sein Alt-Falsettgen (sonsten war seine rechte Stimme ein Baß) in etlichen verliebten Arien hören ließ, so wurde die Jungfer schon eingenommen«. Ein Leipziger Konzertbericht aus dem Jahre 1743 erwähnt den Eisenachischen Hofbassisten Voigt, »der nicht allein einen schönen tiefen Baß, sondern auch einen unvergleichlichen Alt in zwei Arien sang«. 1752 wird einem Absolventen des Schweinfurter Gymnasiums attestiert, er habe es »sonderlich in der Music soweit gebracht, daß er sowohl eine feine Discant, Tenor und BassStimme singet.« (»Dies Lob soll sich sicherlich auf das Geübtsein im Lesen der verschiedenen Schlüssel beziehen«, vermerkt hierzu der große Bach-Biograph Philipp Spitta. Offensichtlich hatte er 1873 keine Kenntnis vom künstlerischen Gebrauch des Falsett-Registers, dessen Bedeutung dem 19. Jahrhundert wohl gänzlich entschwunden war.)

Mit einer solchen, etwas scharf und klar klingenden Stimmgebung ist also im Collegium musicum zu Leipzig die Rolle des Liesgen dargeboten worden, wahrscheinlich von einem Studenten. Ob dieser durch Verkleidung und Schminke die Illusion zu nähren versuchte, man habe tatsächlich ein Mädchen vor sich, wissen wir nicht. Die Zeit nahm an alldem offenkundig keinen Anstoß, so wenig wie sie heute die Hosenrolle des Oktavian im »Rosenkavalier« beanstandet.

Das vorgestellte Streitgespräch zwischen Vater und Tochter war in natura also eine Art studentischer Disputation über häusliche Probleme beziehungsweise »law and order«:

SCHLENDRIAN
»Wenn du mir nicht den Coffee läßt,
so sollst du auf kein Hochzeitfest,
auch nicht spazieren gehn.«
LIESGEN
»Ach, ja! Nur lasset mir den Coffee da!«
SCHLENDRIAN
»Da hab ich nun den kleinen Affen!
Ich will dir keinen Fischbeinrock nach itzger Weite schaffen.«

Liesgen
»Ich kann mich leicht darzu verstehn.«
Schlendrian
»Du sollst nicht an das Fenster treten
und keinen sehn vorübergehn.«
Liesgen
»Auch dieses; doch seid nur gebeten
und lasset mir den Coffee stehn!«
Schlendrian
»Du sollst auch nicht von meiner Hand
ein silbern oder goldnes Band
auf deine Haube kriegen.«
Liesgen
»Ja, ja! Nur laßt mir mein Vergnügen.«
Schlendrian
»Du loses Liesgen du,
so gibst du mir denn alles zu?«

Ein musikalisches und literarisches Vorbild für dieses Verwirrspiel mit angedrohten Restriktionen findet sich in heiteren Opernintermezzi der Zeit, beispielsweise Georg Philipp Telemanns »Die Ungleiche Heyrath/ Oder das Herrsch-süchtige Cammer-Mädgen« von 1725. Auch hier stehen Wünsche des Mädchens zur Debatte; der ältliche, aber reiche Pimpinone möchte sich rückversichern und fragt sein Kammermädchen aus – sie sagt ihm zum Scheine alles nach Verlangen zu. Zwischen ihm und ihr entwickelt sich damit folgender Dialog:

»So geht es gut! laß uns den Handel schließen!
Ein langes Compliment kann mich ins Herz verdrießen.
Es ist mir auch ganz unbewußt.
Magst du wohl an dem Fenster stehen?
Ich hab hierzu nicht die geringste Lust.
In Opera und auf Ballette gehen?
Dies thu ich nie.
Kann dich das Spiel erfreun?
Die Einsamkeit soll mein Vergnügen seyn.
Sind die Romans dir ein beliebtes Wesen?
Ich werde stets in dem Calender lesen.
Kann dich die Maskerad' ergötzen?
Ich will dafür mich in die Küche setzen.
Belustigt dich ein Bär- und Ochsen-Hetzen?
Im Hause findet sich ein besser Zeitvertreib.
Wohl! so bist du mein liebes Weib!«

Selbstverständlich liest man es nach Tische ganz anders. In der Kaffeekantate ist Schlendrian vorerst ratlos. Das Rezitativ endet mit einer Frage und klingt aus mit einer phrygischen Kadenz – wie die langsamen

Sätze der Brandenburgischen Konzerte Nummer 3 und 4. Schlendrian gerät ins Grübeln. Seine e-Moll-Arie ist geprägt von einem Thema voll zähflüssiger Chromatik.

»Mädchen, die von harten Sinnen,
sind nicht leichte zu gewinnen.
Doch trifft man den rechten Ort,
o! so kömmt man glücklich fort.«

Das Thema, auf dem diese Arie aufbaut, berührt auf dem engen Raum von sechs Takten alle zwölf Halbtonschritte der chromatischen Skala. Es ist ein Thementyp, der Leid, Schmerz, Trauer auszudrücken vermag, oder – mit Bachs Schüler Kirnberger zu sprechen – ein Muster im verzweiflungsvollsten Ausdrucke abgibt. Sicherlich entspricht das genau Schlendrians Seelenzustand, in den er sich allmählich hineingesteigert hat. Die zahlreichen Seufzervorhalte unterstreichen die Sorgenlast des geplagten Vaters recht drastisch, die harten Intervallfortschreitungen sind den »harten Sinnen« des widerspenstigen Mädchens angemessen. Das schwierige Thema bereitete selbst seinem Erfinder einiges Kopfzerbrechen und nötigte ihn zu kräftigen Korrekturen in seiner Kompositionspartitur. Ein dreimal – in immer höherer Tonlage – an-

gestimmtes »Mädchen«, als Schlendrian sein Arienthema wieder aufgreifen will, verfährt – mit Johann Kuhnau zu sprechen – »nach Arth der ungewissen Sänger, welche ihre Tonos auff eine solche zweiffelhafte Weise zu suchen pflegen«, spiegelt also eine völlige Verwirrtheit.

Dann – »trifft man den rechten Ort« – stellt sich ein rettender Einfall ein; die Chromatik scheint zu weichen, kommt aber, wie der unheimliche Doktor Mirakel in »Hoffmanns Erzählungen«, sogleich von der anderen Seite zurück. Doch nun ist der »rechte Ort« gefunden, frohgemute Koloraturen kontrapunktieren das chromatische

Verzweiflungsthema. Ein letztes leises »trifft man den rechten Ort« erscheint wie vergnügtes Händereiben über den bevorstehenden Triumph.

Mit gespielter Gleichgültigkeit, wie die Katze um den heißen Brei, nähert sich Schlendrian dem Verhandlungsgegenstand von der anderen Seite. Die nichtssagende, nichts verratende Tonart C-Dur gibt ihm vorerst Schützenhilfe.

Schlendrian
»Nun folge, was dein Vater spricht!«
Liesgen
»In allem, nur den Coffee nicht.«
Schlendrian
»Wohlan! So mußt du dich bequemen,
auch niemals einen Mann zu nehmen.«
Liesgen
»Ach ja! Herr Vater, einen Mann!«
Schlendrian
»Ich schwöre, daß es nicht geschicht.«
Liesgen
»Bis ich den Coffee lassen kann?
Nun! Coffee, bleib nur immer liegen!
Herr Vater, hört, ich trinke keinen nicht.«
Schlendrian
»So sollst du endlich einen kriegen.«

Nun ist das Zauberwort gesprochen, die Freude des »ahnungslosen Engels« ist riesengroß:

»Heute noch,
lieber Vater, tut es doch!
Ach ein Mann!
Wahrlich, dieser steht mir an.
Wenn es sich doch balde fügte,
daß ich endlich vor Coffee,
eh ich noch zu Bette geh,
einen wackern Liebsten kriegte.«

Liesgens Arie im rasch bewegten $^6/_8$-Takt läßt in ihrer eingängigen Melodik, in ihrem warmgetönten Streichersatz die überschäumende und zugleich aufrichtige Freude des Mädchens sprechend hervortreten. Die ununterbrochene Bewegung in den Instrumentalstimmen, vor allem im konzertierenden Cembalo, ist ein Abbild ihrer zappelnden Ungeduld, allerlei Schleifer und Schnörkel und auch die synkopenhafte Vortragsart des sogenannten »lombardischen Geschmacks« geben dieser Arie einen modischen Anstrich. Doch die Musik hat einen doppelten Boden: das modische Beiwerk charakterisiert ebensogut die Flatterhaftigkeit des jungen Mädchens, der dem Siciliano nahestehende Grundrhythmus neigt sich in mancher Beziehung der Gigue zu und die vielen – ein wenig simpel wirkenden – Kadenzschlüsse auf der Haupttonart G-Dur dienen (nach dem Hamburger Musiktheoretiker Johann Mattheson) der Schilderung einer »einfältigen Begierde«. Daß die Instrumente gerade dann piano spielen, wenn Liesgen das unschickliche »eh ich noch zu Bette geh« anbringt, ist eine reizende Unfreundlichkeit des Komponisten.

Nach den Vorstellungen Picanders wäre an dieser passenden Stelle die Geschichte zu Ende, und verschiedene seiner komponierenden Zeitgenossen hielten sich an diese Vorgabe. Nicht so Bach; er läßt das Spiel »kippen«, wie man im Sportjargon sagen würde. Der Erzähler wird aus der Versenkung geholt und kommentiert:
»Nun geht und sucht der alte Schlendrian,
wie er vor seine Tochter Liesgen
bald einen Mann verschaffen kann;
doch Liesgen streuet heimlich aus:
Kein Freier komm' mir in das Haus,
er hab es mir denn selbst versprochen
und rück es auch der Ehestiftung ein,
daß mir erlaubet möge sein,
den Coffee, wenn ich will, zu kochen.«

Dieser Text erscheint in der Partitur in Bachs allerbester Sonntagsschrift – sauberer und sorgfältiger als bei jeder anderen Unterlegung von Rezitativtexten (die ohnehin prinzipiell ordentlich und deutlicher geschrieben werden als die unterlegten Worte etwa in Arien oder Chorsätzen). Vielleicht sollte dies eine Hilfe beim Ausschreiben der Stimmen und der Herstellung des gedruckten Textes für die Zuhörer sein: dann würde es den Verdacht erhärten, daß dieser Zusatz von Bach selbst stammt. Auf den Schlußsatz müßte es gleichfalls zutreffen:

»Die Katze läßt das Mausen nicht,
die Jungfern bleiben Coffeeschwestern.
Die Mutter liebt den Coffeebrauch,
die Großmama trank solchen auch,
wer will nun auf die Töchter lästern!«

Dieser etwas lang geratene Abgesang, ein liedhaftes Terzett mit Begleitung aller Instrumente, dem Tanzcharakter der Bourrée nahestehend und durch originelle Dreitaktgruppen mit einem Stich ins Unkonventionelle versehen, schlägt mit den Kapriolen der konzertierenden Flöte nochmals die Brücke zu Liesgens Loblied auf ihr Leib- und Magengetränk. Somit wäre alles zum guten Ende gekommen – in Bachs Kantate.

Epilog

Dem Kaffee stand seine eigentliche Odyssee allerdings noch bevor. Die in alle Bevölkerungsschichten vordringende Sitte des Kaffeetrinkens begann dem Verbrauch des im Inland hergestellten Bieres und der Biersteuer Abbruch zu tun, während die Finanzgewaltigen der deutschen Fürsten- und Herzogtümer den Geldabfluß für Kaffeeimporte mit wachsendem Unbehagen betrachteten. Eine in Preußen angeordnete Steuererhöhung brachte wenig Besserung, da nun ein ausgedehnter Kaffeeschmuggel einsetzte. Dem versuchte der Staat dadurch zu begegnen, daß ordnungsgemäß importierter Kaffee nur in staatlichen Röstereien aufbereitet werden durfte, während das unerlaubte Rösten durch den Einsatz eines ganzen Heeres von »Kaffeeriechern« verhindert werden sollte. Ausgediente Soldaten wanderten in dieser Mission nun jahrelang landauf landab, bis endlich 1787 der Kaffeebrennzwang wieder aufgehoben wurde.

Einschneidende Maßnahmen sah ein Hessen-Kasselisches Edikt vom 28. Januar 1766 vor, das dem landesverderblichen Unwesen des Kaffeegebrauchs zu steuern suchte: Es solle »1. auf dem Lande und in den Dorfschaften kein Kaffeekrämer mehr geduldet, und kein Kaffee mehr verkaufet, sondern aller Vorrat binnen drei Monaten, bey Strafe und dessen Confiscation weggeschaffet werden; 2. Bauern, Taglöhner und Gesinde aber sich dieses Getränks bei 10 Taler Geld- oder 14tägiger Gefängnisstrafe, gänzlich enthalten, und selbige sich 3. von dem bey ihnen etwan befindlichen Kaffeegeschirre innerhalb von sechs Wochen los machen ... 4. In den Städten bleibt zwar den angesehenen und begüterten Bürgern noch die Erlaubnis, Kaffee zu trinken, doch soll nicht nur 5. auf die geringeren und nicht vermögenden Bürger genau Obacht genommen, und sie von dem in allem Betracht zum Verderben gereichenden Kaffeegetränke nachdrücklich abgemahnet, und bey verspürendem Mißbrauch, diese Übertreter, nach Befinden, abgestrafet werden, sondern auch 6. allen Handwerksgesellen,

Taglöhnern und Gesinde, der mit vielem Zeitverluste betriebene Unfug des Kaffeetrinkens, bey obgemeldeter Strafe, gänzlich verboten seyn.«

Noch rigoroser äußerte sich eine bischöflich hildesheimische Verordnung aus dem Jahre 1780: »Eure Vater, deutsche Männer, tranken Branntwein und wurden bey Bier, wie Friedrich der Große, auferzogen, waren fröhlich und guten Muthes. Dieß wollen wir auch; ihr sollt den reichen Halbbrüdern deutscher Nation Holz und Wein, aber kein Geld mehr für Kaffee schicken; alle Töpfe, vornehme Tassen und gemeine Schälchen, Mühlen, Brennmaschinen, kurz, alles, zu welchem das Beywort Kaffee zugesetzt werden kann, soll zerstöret und zertrümmert werden, damit dessen Andencken unter un-

seren Mitgenossen zernichtet sey. Wer sich untersteht, Bohnen zu verkaufen, dem wird der ganze Vorrath confiscirt; und wer sich wieder Saufgeschirre dazu anschafft, kommt in Karren.«

Über die Verhältnisse in England berichtet Leopold Mozart am 28. Mai 1764 aus London: »Der Wein ist, weil das Bier ein Land-productum ist, unbeschreiblich theuer, und ein erstaunlicher Accis darauf. Eben so ist es mit dem Coffeé, welcher über 4. teutsche Gulden das kleine Pfund zu stehen kommt. Über diess muß man ihn schon gebrennt und gemahlter kaufen, dazu eigne Boutiquen sind: und wer ein Pfund Coffeé im Hause selbst brennt wird um 50 guineé gestraft. Was glauben sie was meine Frau über diese Einrichtung für gesichter macht. Genug, die Herren Engelländer suchen ihren Theé an den Mann zu bringen und zu verhindern, daß das Geld für Coffeé nicht aus dem Lande kommt.«

Alle diese Vorgänge gehören schon in eine Zeit, die für Bachs Vokalmusik und auch für seine »comischen Cantaten« kaum mehr Verständnis aufbrachte. Ihre Wiederauferstehung erlebte die Kaffeekantate erst 1837 mit ihrer ersten Druckveröffentlichung, fast ein Jahrhundert nach ihrer mutmaßlich letzten Aufführung zu Lebzeiten des Komponisten. Damals meldeten die Frankfurter Nachrichten:

»Dienstags den 7. April wird ein fremder Musicus im Kauffhauß unter den Neuen Krämen ein Concert aufführen, in welchem unter Anderm der Schlendrian mit seiner Tochter Lissgen in einem Dramate wird gemacht werden.«

Dies war im Jahre 1739. Zehn Jahre später wurde wenige Straßenzüge entfernt ein gewisser Johann Wolfgang Goethe geboren. Als Sechzehnjähriger kam dieser nach Leipzig, um beim Kuchenbäcker Hendel – also, das hatten wir schon. Von der einstigen Herrlichkeit zeugt in der östlichen Vorstadt Leipzigs allein noch eine sich etwas verloren ausnehmende Kuchengartenstraße. Der »Kaffeebaum« aber hat alle Fährnisse überdauert und sich zu neuer Blüte aufgeschwungen. Eine Visite lohnt sich schon wegen der dreihundertjährigen Tradition, und auch die Nachfolger von »Lehmanns Wittwe« werden die Frage nach einem Mocca double sicherlich wohlwollend prüfen.

Vielleicht ergibt es sich außerdem, natürlich rein zufällig, daß im nahegelegenen Alten Rathaus oder sonst an historischer Stätte Johann Sebastian Bachs Kaffeekantate erklingt. Auch da ist ein Besuch zu empfehlen; allerdings muß man genau hinhören – es steckt einiges dahinter …

Worterläuterungen

Academie de Jeux	Spiel »akademie«
Accomodement	Bequemlichkeit
Assemblée	Versammlung, Gesellschaft
dithyrambisch	überschwenglich
Divertissement	Unterhaltung, Belustigung
Viadrina	Beiname der Universität Frankfurt a. d. Oder

Quellen und Literatur

(soweit nicht bereits im Text genannt)

Johann Christian Crell (Iccander), Das in ganz Europa bekannte ... sehenswürdige Leipzig, Leipzig 1725

Lorenz Christoph Mizler, Musikalische Bibliothek, Bd. I, Leipzig 1736

Krünitz, Oekonomische Encyklopädie, Bd. 32, Berlin 1784

Die Einführung des Kaffees in Leipzig, in: Der Leipziger, 1921

Charles van den Borren, Tobacco and Coffee in Music, in: Musical Quarterly 18, 1932, S. 355ff.

Heinrich Eduard Jacobs, Sage und Siegeszug des Kaffees, Hamburg 1952

Günther Schiedlausky, Tee, Kaffee, Schokolade. Ihr Eintritt in die Europäische Gesellschaft, München 1961

Curt Maronde, Rund um den Kaffee, Frankfurt am Main 1976

Hinweise zu einigen im Text genannten Personen

Clodius, Christian August (1738–1784), Professor in Leipzig

Corvinus, Gottlieb Siegmund (1677–1746), Advokat und Notar in Leipzig

Elisabeth Charlotte, Herzogin von Orléans (1652–1722), Schwägerin von König Ludwig XIV. von Frankreich (»Liselotte von der Pfalz«)

Henrici, Christian Friedrich (1700–1764), nach Studium in Wittenberg und Leipzig seit 1727 im Postdienst, später Steuereinnehmer

Krause, Johann Gottfried (1685–1746), nach Studium in Leipzig und Jena Hauslehrer in Weißenfels, später Geistlicher in Dahme/Mark

Ramler, Karl Wilhelm (1725–1798), Freund Lessings, als Dichter Nachahmer antiker Vorbilder

Stoppe, Daniel (1697–1747), 1742 Konrektor am Gymnasium in Hirschberg/Schlesien

Zachariä, Justus Friedrich Wilhelm (1726–1777), zuletzt Professor in Braunschweig

Verzeichnis der Abbildungsquellen

Sperontes, Singende Muse an der Pleiße. Leipzig 1736

Alexander Pope, Der Lockenraub. Leipzig 1772

Leipziger Adreßbuch von 1732, S. 123/124

Leipziger Verordnung vom 17. August 1716, Blatt 201

Perspectivischer Abriß einiger in Leipzig auf der Cather Straße neuerbauten Häuser. Um 1720. Gezeichnet und gestochen von J. G. Schreiber
(sämtlich im Besitz des Museums für Geschichte der Stadt Leipzig)

Nachlaßverzeichnis J. S. Bachs von 1750
(Staatsarchiv Leipzig, Amt Leipzig Nr. 3)

Picander, Ernst-Schertzhaffte und Satyrische Gedichte. Bd. 3. Leipzig 1732
(Universitätsbibliothek Leipzig)

Johann Sebastian Bach, Kaffee-Kantate. Faksimile-Reproduktion der Handschrift. Wien 1923
(Musikbibliothek Leipzig. Originalpartitur im Besitz der Deutschen Staatsbibliothek Berlin/DDR, Musikabteilung)

Vorsatz: Das Zimmermannsche Kaffeehaus (2) auf der Cather-Straße in Leipzig (heute Katharinenstraße)
Nachsatz: Sperontes' Singende Muse an der Pleiße

eitgenössisches Kaffeehaus

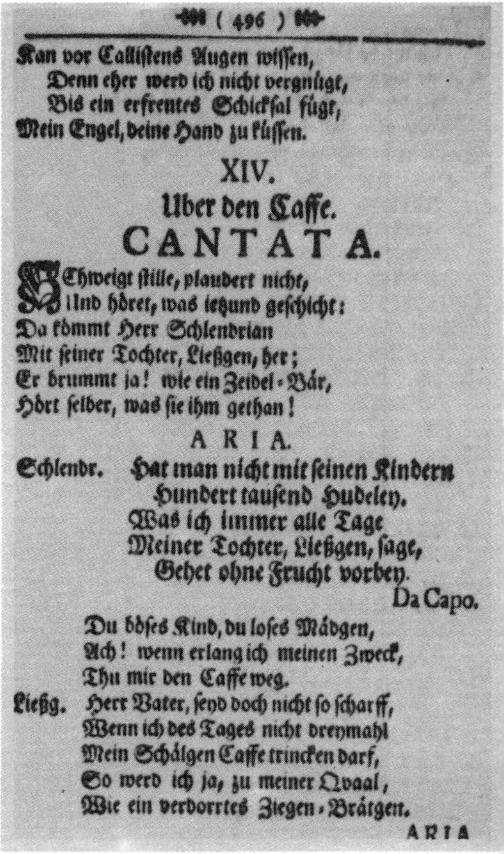

Kan vor Callistens Augen wissen,
Denn eher werd ich nicht vergnügt,
Bis ein erfreutes Schicksal fügt,
Mein Engel, deine Hand zu küssen.

XIV.

Uber den Caffe.

CANTATA.

Schweigt stille, plaudert nicht,
Und höret, was ietzund geschicht:
Da kömmt Herr Schlendrian
Mit seiner Tochter, Ließgen, her;
Er brummt ja! wie ein Zeidel-Bär,
Hört selber, was sie ihm gethan!

ARIA.

Schlendr. Hat man nicht mit seinen Kindern
Hundert tausend Hudeley.
Was ich immer alle Tage
Meiner Tochter, Ließgen, sage,
Gehet ohne Frucht vorbey.
Da Capo.

Du böses Kind, du loses Mädgen,
Ach! wenn erlang ich meinen Zweck,
Thu mir den Caffe weg.

Ließg. Herr Vater, seyd doch nicht so scharff,
Wenn ich des Tages nicht dreymahl
Mein Schälgen Caffe trincken darf,
So werd ich ja, zu meiner Qvaal,
Wie ein verdorrtes Ziegen-Brätgen.

ARIA

Picanders Originaltext

ARIA.

Ey! wie schmeckt der Caffe süsse,
Lieblicher als tausend Küsse,
Milder als Muscaten-Wein.
Caffe, Caffe muß ich haben;
Und wenn iemand mich will laben,
Ach so schenckt mir Caffe ein.
Da Capo.

Schl. Wenn du mir nicht den Caffe läst,
So solst du auf kein Hochzeit-Fest,
Auch nicht spatzieren gehn.

Ließg. Ach ja!
Nur lasset mir den Caffe da.

Schl. Da hab ich nun den kleinen Affen!
Ich will dir keinen Fischbein-Rock
Nach ietzger Weite schaffen.

Ließg. Ich kan mich leicht darzu verstehn.

Schl. Du solst nicht an das Fenster treten
Und keinen sehn vorüber gehn.

Ließg. Auch dieses; doch seyd nur gebethen
Und lasset mir den Caffe stehn.

Schl. Du solst auch nicht von meiner Hand
Ein silbern, oder goldnes Band
Auf deine Haube kriegen.

Ließg. Ja! ja! nur last mir mein Vergnügen.

Schl. Du loses Liesgen du,
So giebst du mir denn alles zu.

ARIA.

Mädgen, die von harten Sinnen,
Sind nicht leichte zu gewinnen.
Doch trifft man den rechten Ort:
O! so kömmt man glücklich fort.

Nun folge, was dein Vater spricht.
Ließg. In allem, nur den Caffe nicht.
Schl. Wohlan! so must du dich beqvemen,
Auch niemals einen Mann zu nehmen.
Ließg. Ach! ja, Herr Vater, einen Mann!
Schl. Ich schwere, daß es nicht geschicht.
Ließg. Bis ich den Caffe lassen kan?
Nun! Caffe bleib nur immer liegen;
Herr Vater hört, ich trincke keinen nicht.
Schl. So solst du endlich einen kriegen.

ARIA.

Ließg. Heute noch,
Lieber Vater, thut es doch.
Ach! ein Mann!
Warlich dieser steht mir an.
Wenn es sich doch balde fügte,
Daß ich endlich vor Caffe,
Eh ich noch zu Bette geh,
Einen wackern Liebsten kriegte.

Register

Derer hierin enthaltenen Gedichte, und einiger abgehandelten Thematum.

Ari

Sopran-Arie »Ei, wie schmeckt…«

Baß-Arie »Mädchen, die von harten Sinnen«

Rezitativ »Nun geht und sucht…«

Emnach der Allerdurchlauchtigste/ Großm
Unser Allergnädigster Herr ꝛc. auf erstatteten
Spiele bey hiesiger Stadt in hohen Gnaden anb

Von GOttes Gna
König in Polen ꝛc. Hertzog
Engern und Westph

Iebe Getreue/ Wir haben Uns euern
tragen lassen/ und daraus verlesen
Häusern und auf denen Billard-S
Händel/ mit Schwelgen/ Spielen
unmasgeblich vorgeschlagen/ und h
allergehorsambst gebethen habet;
tung allerhand solcher Excesse, zu g
ze Werck durchgehends hiermit app
wollet solches durch einen öffentliche
Stellen/ wo nöthig/ ungesäumt bekant machen/ darüber f
scharffe Ufsicht tragen/ und fleißig visitiren lassen/ wieder die
der darauff gesetzten Straffe verfahren; übrigens aber/ die
bey euch nicht verstatten/ noch zulassen. Mochtens euch nic
am 7. Augusti, Anno 1716.

Unsern lieben Getreuen dem Rathe zu Leipzig.
præs. den 12. August. 1716.

ALs wird von E. E. Hochw. Rathe dieser Stadt solches hiermit jedermän
ein Caffee-Hauß oder Billard-Spiel zu haben erlaubet ist/ wie denn ein
Spiels durch eine Concession darzuthun, ohne solche aber sich dessen
in keine Wege handeln sollen. 1.) Daß aller Aufenthalt und Bedien
tragen, als auch sonst unter was Vorwand es geschehen möchte, 2.)
men / bey Straffe gegen den Caffee - Schencken zu exequiren, gäntzlich verbo
Thaler Straffe in solchen Häusern gedultet, und dieselben über diese Zeit nich
gewisses Quantum und nicht höher/ jedoch nach Beschaffenheit und Condition derer/
dienste keine Gäste gesetzet, und 7.) Wer in einem oder andern dieser Puncte dar
mahl aber dieser Nahrung gäntzlich verlustig seyn, dem Denuncianten der dritte Th
also allendhalben zu achten. Urkundlich mit dem gewöhnlichen Stadt Secret bedru

König in Polen und Churfürst zu Sachsen 2c. 2c.
änigsten Bericht wegen derer Caffee-Häuser und Billard-
nachfolgender wahrer Abdruck mit mehrern besaget:

Friedrich Augustus/

chsen/ Jülich/ Cleve/ Berg/

Chur-Fürst/ 2c.

ulii letzthin eingesendeten allerunterthänigsten Bericht vor-
s ihr zu Abwendung derer vielen/ zeithero in denen Caffee-
Stadt bey euch/ angemerckten und ausgeübten unfertigen
ergleichen/ in sieben unterschiedenen Puncten zu verfügen/
to mehrern benöthigten Nachdruck um Unsere Verordnung
Uns nun euere/ diesfalls bezeigte gute Sorgfalt/ zu Verhüt-
efallen gereichet/ und wir/ euerm Vorschlage nach/ das gan-
vor genehm halten; Als ist hiermit Unser Begehren/ ihr
Anschlag am Rathhauße bey euch und sonsten an Ort und
halten/ auch/ daß darwieder nicht gehandelt werden möge/
so unsere Verordnung hierunter übertreten/ jedesmahl mit
nehrerer dergleichen Caffee-Häuser und Billard-Spiele
d geschicht daran unsere Meynung. Datum Dreßden/

H. von Bünau.

Joh. Christoph Günther.

het und krafft desselben verfüget, daß diejenigen/ welchen von wohlgedachtem Rathe
umb anzusuchen, und den bis anhero angemaßten Schanck des Caffee und Billard-
nsten Einsehens zu enthalten hat/ nachfolgende Puncte beobachten, und darwieder
ersonen in Caffee-Häusern, so wohl bey Zurichtung des Geträncks und dessen Auf-
alle Würffel/ Karten und andere Glücks Spiele, den eintzigen Billard ausgenom-
Niemand Abends über 9. Uhr des Winters, und 10. Uhr des Sommers bey 20.
) Die Kauff- und Handels-Jungen nicht zum Billard-Spiel gelassen, 5.) Um ein
elen, die Partie zu spielen gestattet. 6.) Des Sonntags unter währendem Gottes-
rde/ das erste mahl um 10. Rthlr. das andere um 20. Rthlr. gestraffet/ das dritte
ffe gefolget und dessen Nahme verschwiegen gehalten werden solle. Wornach sich
pzig, den 17. Augusti 1716.

George Wernhardt, im Brühl.

Johann Wesser, im Hällischen Pförtgen, im goldenen Apffel.

Johann Conrad Wittmann, auf der Peter-Strasse, in Hohmanns, sonst Bräunicks Hofe.

Gottfried Wölbling, im Hällischen Pförtgen, in seinem Hause.

Johann Heinrich Zimmermann, auf der Peter-Strasse, im Hemmischen Hause.

Johann Gottlieb Zimmermann, auf der Kloster-Gasse, dem Post-Hause gegen über.

(2) Oeffentliche Caffee-Schencken.

Joh. Jacob Barmann, auf der Reich-Strasse, in seinem Hause.

Johann Christian Bauer, auf der Peter-Strasse, in drey Königen.

Andreas Golmar, im Brühl, in Hrn. Hof-R. Wincklers Hause.

George Heinrich Helwig, im Saltz-Gäßgen, im Kuntschischen Hause.

Gottlieb Hermann, im Saltz-Gäßgen, im Börnerischen Hause.

Christoph Friedrich Kayser, auf der Reich-Strasse, in Bodens Hause.

Johann Lehmanns Wittwe, auf der Fleischer-Gasse, in ihrem Hause.

Enoch Richter, am Marckte, in Hrn. D. Altners Hau-

◁ Gegen Mißstände in den »Caffee-Schenken«

Hr. Martin Schmidt, im Saltz-Gäßgen, in Eberleins Hause.
Gottfried Zimmermann, auf der Catharinen-Strasse, in Hrn. Baum. Oertels Hause.
Johann Thomas Zinck, auf der Hayn-Strasse, im Witzlebischen Hause.

(3) Oeffentliche Gasthöfe und Schenck-Häuser.

Nach Alphabethischer Ordnung:

A) In der Ringmauer.

Adler, der goldne, in der Hayn-Strasse.
Adler, der rothe, im Brühl, zwischen der Niclas- und Reich-Strasse.
Adler, der weisse, in der Hayn-Strasse.
Ancker, der goldene, auf der Fleischer-Gasse.
Apffel, der goldne, im Brühl, am Hällischen-Gäßgen.
Arm, der goldne, in der Peter-Strasse.
Bär, der goldne auf dem alten Neumarckt.
Bär, der schwartze, im Brühl, zwischen der Hayn-Strasse und Fleischer-Gasse.
Beil, das goldne, im Brühl, zwischen der Niclas- und Reich-Strasse.
Birnbaum, in der Hayn-Strasse.
Blumenberg, im Brühl, neben der Baderey.
Bock, der schwartze, im Brühl, zwischen der Ritter- und Niclas-Strasse.
Creutz, das schwartze, im Brühl, zwischen der Niclas- und Reich-Strasse.
Crone, die goldne, in der Fleischer-Gasse.

Aus dem Leipziger Adreßbuch von 1732

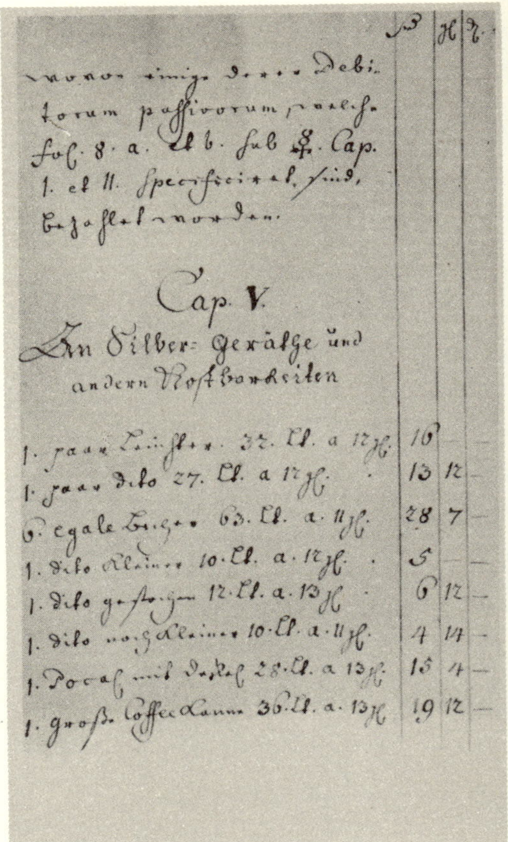
wovon einige derer Debitorum passivorum, welche fol. 8. a. et b. sub [illegible] Cap. I. et II. specificiret sind, bezahlet worden.

Cap. V.

An Silber-Geräthe und andern Kostbarkeiten

	₰	gr	₰
1. paar Leuchter 32. Lot. a 12 gr.	16	—	—
1. paar dito 27. Lot. a 12 gr.	13	12	—
6. egale Becher 63. Lot. a 11 gr.	28	7	—
1. dito kleiner 10. Lot. a 12 gr.	5	—	—
1. dito gestochen 12. Lot. a 13 gr.	6	12	—
1. dito noch kleiner 10. Lot. a 11 gr.	4	14	—
1. Pocal mit Deckel 28. Lot. a 13 gr.	15	4	—
1. große Coffee Kanne 36. Lot. a 13 gr.	19	12	—

Aus Bachs Nachlaßverzeichnis

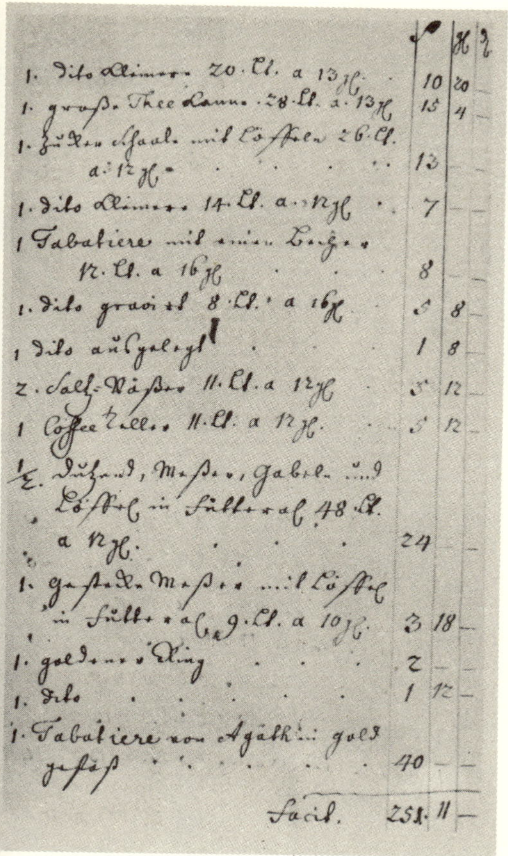

	Rthlr	gr	d
1. dito kleinere 20 Lt. a 13 gr	10	20	–
1. große Thee Kanne 28 Lt. a 13 gr	15	4	–
1. Zucker schaale mit Löffeln 26 Lt. a 12 gr	13	–	–
1. dito kleinere 14 Lt. a 12 gr	7	–	–
1 Tabatiere mit einem Becher 12 Lt. a 16 gr	8	–	–
1. dito gravirt 8 Lt. a 16 gr	5	8	–
1 dito ausgelegt	1	8	–
2. Salz-Näpfer 11 Lt. a 12 gr	5	12	–
1 Coffee Teller 11 Lt. a 12 gr	5	12	–
1/2. Dutzend, Messer, Gabeln und Löffel in Futteral 48 Lt. a 12 gr	24	–	–
1. gesteckte Messer mit Löffel in Futteral 9 Lt. a 10 gr	3	18	–
1. goldener Ring	2	–	–
1. dito	1	12	–
1. Tabatiere von Agath in gold gefaßt	40	–	–
facit.	251	11	–

	fl.	xr.	d.
4. Krüge mit Zinn beschlagen	1	8	—
facit	9		

Cap. VIII.

In Kupffer und Messing.

	fl.	xr.	d.
2. Stall-glocken nebst [illegible]	3		
3. paar Messingene Leuchter	2		
1. Messingene Coffee Kanne	—	16	
1. dito kleiner	—	16	
1. Messingen Coffee Brett	—	16	
1 dito noch kleiner	—	6	
1. Kessel von Kupffer	—	8	
1. dito kleiner	—	8	
facit	7	22	

Cap. IX.

An Kleidern und was darzu gehöret.

Wir danken den genannten Institutionen für die freundlich erteilte Reproduktionserlaubnis.

Illustrationen: Frank Wahle
Gestaltung: Günter Jacobi

Schulze, Hans-Joachim:
Ey! wie schmeckt der Coffee süße : Johann Sebastian Bachs Kaffee-Kantate in ihrer Zeit / Hans-Joachim Schulze.
[Ill.: Frank Wahle]. – 2. Aufl. – Leipzig : Verlag für die Frau. 1987. – 72 S. : Ill.
ISBN 3-7304-0056-8

2. Auflage 1987
Druckgenehmigungsnummer: 126/405/14/87
Satz, Druck und buchbinderische Verarbeitung:
Offizin Andersen Nexö
Graphischer Großbetrieb Leipzig –
III/18/38
Printed in the German Democratic Republic
LSV 8385
Bestellnummer: 672 502 3
01040